LA
CASSANDRE
FRANCOISE
à fa Patrie.

M. DC. XXVI.

LA CASSANDRE
Françoise, à sa Patrie.

IE ne suis pas nation genereuze, ce-
ste Cassandre Troyenne qui dans
l'auātage de predire l'avenir, a tou
siours eu le malheur de n'estre iamais
creuë, ie suis Françoise, & n'ay pas
encore veu Dieu mercy les Estrāgers
reduire ma patrie en cendre, ny mes
ennemis exercer leur violence dans
mes propres entrailles, i'ay gardé iusqu'icy ma chasteté pure & nette, à
mō pays, à mon Roy, & celuy qui m'a
donné la volonté de la conseruer, ne
l'a pas exposee à la force de mes hayneux : Aussi ne te viens-ie pas faire
à croire que tu ayes tiré ton origine

des cendres d'Illion, ou receu ta puiſ-
ſance d'vne nation que tes deuāciers
ont rauagee tant de fois : car eſtant
ſur le point de te dire toutes tes veri-
tez, voudrois-ie commancer par vne
fable, & te faire des contes à dormir
debout, lors que ie te veux réueiller
de ton lethargique ſommeil. Bien te
diray-ie que tu n'es pas moins proche
de ta ruine, que la grande Troye autre
fois, ſi plus ſage qu'elle tu ne croys
ceux des tiens qui t'annōçans le malheur qui te talonne , t'enſeignent en
meſme tēps les remedes propres à le
contrequarrer , remedes tres-neceſ-
ſaires & que tu dois au moins te laiſ-
ſer appliquer, auant que la gangrene
qui a deſia gaigné la pluſpart de tes
membres, s'empare du principal , à
ſçauoir du cœur: car lors il n'y auroit
plus de reſſource, & tu ne pourrois
plus eſchapper à ta perte.

Que Troye autrefois miſe en cēdre
Faute d'auoir creu ſa Caſſandre,
Serue d'exemple aux nations

Et que la France instruite d'elle
Prefere mon aduis fidele
A ses aueugles passions.

Aueugle que tu es, n'apperçoys tu
pas ce colosse qué tes hayneux ont es-
leué iusques aux nuës? ce cheual enor-
me que leur deuotion feinte a consa-
cré à Pallas ? ne redoutes tu pas vn
present que les ennemis t'enuoyent,
& que les cauteleux affublent du mã-
teau de la religion, afin de te surpren-
dre plus facilement , sçachant combien tu es respectueuse en ce qui la
concerne.

Ouure l'œil dans tes maux presès
Fais mieux qu'Illion ta compagne
France tu dois craindre l'Espagne
Lors qu'elle te fait des presens.

Veux-tu reietter le conseil de tes
Laocoons, pour suiure l'aduis de certains, sinon estrangers apostez pour te
seduire, ne croiras-tu pas ta Cassandre si digne que tu adioustes foy à ses
paroles, puisque compatriote , puis-

A iij

que de fang Royal. Ha! chétiue Caf-
fandre que tu euffes efté bien plus
heureufe d'auoir efté mefcognuë que
recherchee d'Apollon , qu'il t'euft
bien mieux valu demeurer muette &
garder vn filence perpetuel que de
faire des Propheties tant inutiles &
trouuer ta patrie incredule à tes ora-
cles trop certains , que fi ie penfois
n'auoir non plus de credit entre les
miens , que toy jadis entre les tiens ,
que ie me garderois bien de me rom-
pre la tefte contre des murailles , &
de me tuer le cœur & le corps fans
rien faire : ie fuis trop charitable en-
uers ma patrie pour luy vouloir ofter
le moyen de fe plaindre , & la priuer
de la confolation ordinaire des mife-
rables , à fçauoir de trouuer des excu-
fes à leur faute & la reietter toufiours
fur autruy ; Il refte encor quelque ef-
poir de vie à cette maladie , & pourueu qu'elle n'aye pas perdu le iugement tout a fait , ie reconnois à fon
poux & à fa couleur qu'elle pourra re-
ceuoir vn iour fa guerifon , ce ne font

pas icy les premieres deffaillances
qu'elle a souffertes , elle est eschap-
pee autrefois de crizes presque aussi
dangereuses. Reueille toy doncques,
ô chere France , & pour prendre garde à ta conseruation, ou as-tu les yeux
insensee de te rendre l'azyle de ce qui
doit estre ta ruine? & de vouloir nour-
rir vn serpent qui te fera mourir? Que
n'es-tu sage au moins aux despens
d'autruy , ne remarques-tu pas les
fautes commises jadis par les Troyes,
qui deceuz sous vn faux semblant de
religion , & abusez par vne feinte &
traistresse harangue , courent bride
abbatuë à leur perte asseuree , se jet-
tent à perte de veuë parmy les preci-
pices, ferment les yeux pour ne pas
trouuer le chemin de leur salut, & se
bouchent les oreilles aux remonstrã-
ces de leurs plus fideles conseillers.
Espluche de prés combien il y a peu
de difference (*inter caballum & cabal-
lam.*) Aye les mesmes considerations
pour la cabale qui te menace de ruine , que Troye la deuoit auoir pour

le cheual qui fut caufe de fa deftru-
ction: Rentre en toy-mefme, fonge
qu'elle n'a pris la couuerture de la
pieté, & ne s'eft approprié la robe des
fciences, que pour mieux receler fes
armes, qu'elle n'a eftably fon fonde-
ment fur le facré nom du Sauueur
que pour abolir vne nation qui a toufiours feruy de retraicte à l'Eglife af-
fligee, qu'elle ne fait profeffion de la
paix que pour nous apporter la guer-
re auec moins de foupçon, & qu'elle
ne recherche noftre amitié qu'afin de
nous trahir plus feurement; Mais à
quoy bons ces aduertiffemens fi tu
l'as defia receuë en ton giron, & fi tu
luy as fait manger le pain de tes pro-
pres enfans, tandis qu'elle a commis
des facrileges fanglans contre la perfonne de tes fouuerains; fi difie tu l'as
rappelee, apres l'auoir honteufement
bannie par Arreft folemnel du plus
graue Senat de l'vniuers, voire par vn
Arreft que pour rendre plus celebre
à la pofterité l'on auoit graué dans
vne Piramide plantee vis a vis du Pa-
lais

lais de ta Iuſtice. Tu l'as rappelee, ô France inconſideree : mais que t'en eſt-il arriué ? Tout cela certes qui ſçauroit arriuer de dangereux à vn corps Cacochime comme le tien, la perte de ton chef, la mort pitoyable du Grand HENRY, au comman-cement du plus glorieux deſſein qui ſoit iamais monté en cœur d'homme, au milieu de ſes gardes, & comme a couuert des iniures d'vn treſpas vio-lent, par vne armee preſque innom-brable : que ſi Dieu ne nous euſt laiſ-ſé apres luy vn fils ſi digne de ce braue Pere, vn ſucceſſeur ſi excellemment doüé de toutes ſortes de vertus pro-pres à gouuerner vn grand Eſtat, ſi durant ſes plus ieunes annees Dieu n'euſt pourueu à la conſeruation du Royaume par les ſages conſeils & les vertueuſes reſolutions de la Royne mere, que fuſſes tu deuenuë? Eſclaue ſans doute du peuple bazané. A quel ſainct te fuſſes-tu voüee : puiſque la cabale t'alloit immoler à Loyola ? Mais te perſuades tu qu'elle ſoit aſ-

B

fouie du fang de deux ʀoys meurtris
l'vn apres l'autre ? T'immagines tu
que cette Lays puiſſe eſtre ſaoulee ſi
iamais ſeulement elle n'eſt laſſee de
ſes adulteres? elle n'a garde de ſe con-
tenter pour ſi peu , puiſque elle ne
fait que commancer , elle medite encor tous les iours des accidens auſſi
funeſtes que iamais, elle a biē l'impu-
dence de menacer dans ſes libelles de
damnation eternelle la perſonne de
ton Roy, Roy le plus digne du Ciel
que la France aye iamais veu regner ,
elle s'émancipe d'eſcrire publique-
ment, voire de parler tout hautemēt
contre les iuſtes deſſeins de ton ſou-
uerain , & tu es ſi ſtupide que tu l'en-
dures , & ſi nonchalante que tu ne
daignes y apporter de remede : mais
ie ne m'en eſtonne pas, veu les indi-
gnitez plus grandes de beaucoup que
tu as ſouffertes par le paſſé ; Toutesfois s'il te reſtoit encore quelque e-
ſtincelle de iugement, tu remarque-
rois aiſement qu'elle reprend ſes premieres erres, & qu'elle eſt auſſi pre-

paree que iamais, à faire de meſchans
coups : n'abuſe pas ie te prie de la pa-
tience de Dieu, & ne penſe pas que te
donnant les moyens d'éuiter vn malheur, où tu es ſouuent retombee, il
entende que tu n'en tiennes conte,
prens garde que la tardiueté de ſa co-
lere ne te rende plus violente, & que
pour chaſtiement de ta negligence il
ne te laiſſe croupir eternellement dãs
le gouffre où tu te ietes la teſte baiſſee:
Deſſille en fin tes yeux, & ne te laiſſe
plus ainſi beffler, voy le ventre creux
de cette cabale maudite preſt à vo-
mir vne armee ennemie en ton ſein,&
qui prendra ſon temps lors que tu y
penſeras le moins, lors dis-ie que tu
feras enſeuely dans le vin & dans le
ſommeil.

Inuadunt vrbē ſomno vinoque ſepultam.

Elle a deſia corrompu quantité de
tes enfans, elle a pratiqué de longue
main dans ta propre maiſon nombre
d'Æneas & de traiſtres, plus helas !
mille fois qu'il n'en ſeroit de beſoin,
elle a des eſpions iuſques dans tes plus

fecrets confeils, & tant de partifans
dans l'Eftat, qu'il égale voire furpaf-
fe le nombre de ceux qui te gardent
vne inuiolable fidelité. Il eft facile
neantmoins de t'en deffaire fi tu as
affez de courage pour feconder la de-
liberation de ceux qui ont éuenté la
mine, tu n'as qu'a defchirer hardyment tes entrailles de ce coloffe fu-
perbe, qu'a creuer fes boyaux, qu'a
écarboüiller ce qui en fortira : tu ne
dois pas fimplement le chaffer de ton
foyer, tu dois, tu dois le mettre en
pieces tandis que tu l'as entre tes
mains, il luy faut faire regorger le
fang de nos Roys, dont il s'eft abreu-
ué à nos defpens, & venger tout d'vn
coup les maux qu'il nous a braffez
depuis vn fi long temps. Que fi tu ne
mets en execution le falutaire confeil
que ie te donne icy, fi tu manques de
refolution dans vne entreprife fi ne-
ceffaire, fi tu t'endurcis contre mes
remonftrances, & t'opiniaftres en ta
peyne propre, fçaches que iamais le
coufteau ne bougera de ta maifon, &

qu'apres auoir veu tes enfans s'entre-
déchirer les vns les autres par les frau-
duleuſes meneés des cabaliſtes, celuy
qui ne l'a inuentee que pour te per-
dre, ſe iettera ſur toy durant tes foi-
bleſſes, & acheuera d'eſpuiſer tes vei-
nes iuſqu'à la derniere goutte.

Vn traiſtre cheual autres-fois
Receu en amy dedans Troye,
La donna de nuict toutesfois
Aux Grecs ſes ennemis en proye.
Vne cabale plus traiſtreſſe
Receue en France à bras ouuers
Par des chemins ſourds & couuers
En rendra l'Eſpagne maiſtreſſe.

Et vous grand ROY qui tenez les
reſnes de cette puiſſante Monarchie,
puiſque ſa ruine ou ſa conſeruation
vous touche plus qu'à pas vn autre,
prenez y garde ſoigneuſement, retrã-
chez hardyment du corps de voſtre
Eſtat les membres qu'il y a de pour-
rys, depeur que ce qu'il y a de ſain &
d'entier n'en demeure infecté.

B iij

Il vaut mieux couper vn membre
que tout le corps periſſe.

Chaſſez au loing cét ennemy qui
ſeme de l'yuroye dans le cœur des
François, ſi vous n'aymez mieux le
liurer au ſupplice, pour le chaſtier ſe-
lon ſes execrables meſchancetez. Ne
craignez pas qu'il vous en meſarriue,
le venin de ce baſilic n'infecte que les
lieux où il habite, ſi le feu Roy Henry le Grand que Dieu abſolue euſt tenu ferme dans ſa premiere reſolution
& ne ſe fuſt pas laiſſé emporter aux
perſuaſions du cauteleux Sinon, nous
ne l'euſſions pas veu maſſacrer miſe-
rablement ſans le pouuoir ſecourir :
comme le cheual d'Epeus ne pouuoit
nuire aux Troyens que dans l'enceint
de leurs murailles. Cette cabale non
plus ne nous ſçauroit faire le moin-
dre deſplaiſir du monde, que tandis que nous la ſouffrirons dans
nos entrailles, elle ne peut eſtre que
tres inutile à ceux qui ont pris tant de
peine à en ioindre les pieces. Quel

mal a t'elle sceu faire iusqu'icy à la re-
publique de Venize, qui l'a bannie à
perpetuité de toutes les terres de son
obeyssance, resoudez-vous dõcques
courageusement, SIRE, à faire re-
mettre sus l'Arrest de vostre Parle-
ment contre ces assassins , comman-
dez qu'on redresse la Piramide abbatuë, que l'on y graue pour iamais la
sentence prononcee contr'eux auec
tant de solemnité, & qu'on y adiou-
ste cette clause necessaire , que celuy
soit tenu pour infame & pour anathe-
me qüi parlera iamais de leur resta-
blissement. Ainsi vous regnerez pai-
sible dans vostre Estat, & sentirez les
benedictions du Ciel deualer sans fin
sur vostre chef, vous serez chery , re-
ueré , & prisé de tous vos suiets, comme redouté de vos ennemis , & vostre
France repurgee de monstres par vostre vertu, fleurira plus que iamais en
hommes droicturiers & valeureux, &
raffermie sur ses fondemẽs vous verra
reconquerir ce que la perfidie de ses
ennemis a rauy à vos ancestres, vostre

Empire reprendra les anciennes bornes que Charlemagne luy auoit donnees, & fa duree n'en aura point d'autres que celles du temps, vous viurez glorieux en ce monde, & lors que vous ferez raffafié de iours, vous laifferez le Royaume paifible à vos fucceffeurs, & changerez la couronne terreftre à la celefte que Dieu prepare à vos merites, voftre loüange demeurera celebre en la memoire des hommes, & de bouche en bouche paruiendra iufqu'à la derniere pofterité. Puiffiez vous ô grand ROY, prendre cette genereufe refolution, afin que voftre iuftice & voftre valeur rempliffent les cœurs de tous les bôs François de vœux & de prieres pour la profperité de voftre regne, & pour la conferuation de voftre facrée perfonne.

www.ingramcontent.com/pod-product-compliance
Lightning Source LLC
Chambersburg PA
CBHW061624180626
46818CB00005B/2228